Pressé ? Pas si pressé !

Du même auteur
dans la même collection

Histoires pressées
Nouvelles histoires pressées
Encore des histoires pressées
Pressé, pressée

et

Histoires pressées
(édition illustrée)

300, rue Léon-Joulin, 31101 Toulouse Cedex 9, France
Loi 49-956 du 16 juillet 1949
sur les publications destinées à la jeunesse
ISBN : 978-2-7459-2701-9
www.editionsmilan.com

Bernard Friot

Pressé ?
Pas si pressé !

MILAN POCHE

À Susie Morgenstern

Je

Moi, c'est Lucas. Douze ans dans quelques mois, un mètre soixante-neuf (déjà), des yeux bleus, des cheveux noirs.

À part ça, je ne sais pas quoi raconter.

J'ai une mère. Souvent, elle me casse les pieds. Mais c'est son métier.

J'ai une sœur aînée. Horriblement enquiquinante. Inutile d'en parler.

Une petite sœur, aussi, deux ans. Elle sait à peine parler.

Et un père. Enfin, j'en avais un. Il est parti depuis plus d'un an. Pas envie d'en parler.

C'est dur de dire « je », finalement.

Si on essayait à la troisième personne ?

« Lucas, il est super mignon. Avec ses yeux, tout bleus, tout bleus. » Ça, c'est Sarah, une élève de ma classe. Je l'ai entendue discuter avec Bouchra, en cours de musique. Moi, je ne la trouve pas super mignonne. Sauf ses yeux. Verts. Comme des choux de Bruxelles. Miam, miam !

« Lucas, il est bon en défense. Mais en attaque, c'est une catastrophe. Quand il est devant les buts, il tire à côté. On dirait qu'il a peur de faire de la peine au gardien adverse. » Ça, c'est l'entraîneur. Commentaires après le match. Avec quelqu'un que je ne connaissais pas. C'est même pas vrai. Au dernier match, j'ai marqué un but. Contre mon camp.

« J'en ai marre de lui ! Je le hais ! Tu sais ce qu'il a fait ? Il a découpé mon T-shirt avec un cutter. Il est malade, je te dis. Mais il va le payer ! Très, très cher ! » Ça, c'est Élodie, au téléphone avec sa grande amie Fouzia. Eh ! c'est elle qui a commencé. Elle m'a piqué mes lunettes de ski, des Bong dernier cri. Elle nie, mais je sais que c'est elle.

Pas géniale, la troisième personne. Et à la deuxième personne, qu'est-ce que ça donnerait ?

Attention, voilà ma mère ! Qu'est-ce qu'elle veut ?

« Lucas, tu es sourd ou quoi ? Tu n'as toujours pas descendu la poubelle ! Tu es comme ton père, on ne peut jamais compter sur toi. Et tu as vu cette chambre ? Tu vas me faire le plaisir de ranger ce foutoir ! Ne crois pas que je vais le faire à ta place, tu n'es plus un bébé, quand même ! »

Stop ! On peut couper le son, s'il vous plaît ? Je la connais par cœur, cette chanson, couplets et refrain.

Non, décidément, la deuxième personne, ça ne vaut rien.

Alors, ce sera « je ». Définitivement.

À moins qu'un jour, il y ait un « nous ». Nous, nous deux, amoureux…

Et vous, qu'en pensez-vous ? Oui, vous[1] !

1. Rien, « ils » n'en pensent rien, je crains.

Chambre

Marre, marre, marre !

J'en ai marre !

C'est pas juste ! Ma mère m'a enfermé dans ma chambre ! Oui, elle m'a bouclé à double tour, je suis prisonnier, privé de liberté ! Tout ça parce qu'il y a un peu de désordre. « Je ne veux plus voir ce foutoir ! » a-t-elle hurlé. Et je suis interdit de sorties pendant un mois si tout n'est pas rangé d'ici une heure.

Je flanque un bon coup de pied dans la porte. Ranger ? Non, je vais tout casser, tout dévaster ! Tiens, ce CD, je vais le… Ah non, pas celui-là, c'est le groupe Bulli Bulla. J'adorais ça quand j'étais petit. Chouette ! je l'ai cherché partout l'autre jour. Voilà, je le mets dans le tiroir avec les autres CD. Sauf qu'il n'y a pas un seul CD dans le tiroir à CD. Quel bazar là-dedans ! Des chaussettes, de vieux chewing-gums, des revues déchirées. Mais je ne vais pas ranger, non, elle serait trop contente, je vais tout jeter par la fenêtre. Allez, vlan !... Oh, c'est quoi, ça ? Mes lunettes de ski. Des Bong dernier cri. Je croyais que c'était Élodie, ma sœur aînée, qui les avait piquées. Même que j'ai déchiré son T-shirt préféré pour me venger. Super, je les remets à leur place, dans le placard, sur l'étagère du milieu. Et j'en profite pour flanquer par terre toutes mes fringues, comme ça, elle aura une raison de hurler, ma mère.

Sauf que le placard est presque vide. C'est dingue, j'ai rien à me mettre. Mon maillot de foot du FC Sochaux, par exemple, il est où ? Je parie que ma mère l'a jeté, rien que pour m'embêter. Et vlan ! super-shoot du droit dans un tas de vêtements qui encombre le tapis et... BUT ! Waouh ! ça vole dans la pièce, ça retombe sur le lit... eh, mais c'est mon maillot ! Génial ! je le plie, je le range dans le placard. Et ça, c'est mon jean avec les écussons que j'ai cousus moi-même ! Quand je pense que je l'ai cherché pendant un mois ! Quel foutoir dans cette baraque ! Mais qu'elle ne compte pas sur moi pour faire le ménage, ma mère ! Je ramasse encore ces trois chaussettes et après je me mets en grève ! Je me couche sur le lit et je ne bouge plus. Aïe ! Qu'est-ce qu'il y a sous la couette ? Une chaussure de foot. Bravo, c'est malin, qui a pu la cacher là ? Et l'autre, elle est où ? Ah, sous le lit.

Bon maintenant, j'attends. Elle peut revenir, ma mère, me priver de sorties pendant des années, je ne bougerai pas le petit doigt.

La clé tourne dans la serrure, la porte grince. Je ferme les yeux, je me bouche les oreilles. Attention, elle va exploser !

– Ah, c'est bien, mon chéri. Bravo, c'est impeccable. Tu vois, ce n'est pas si difficile de ranger sa chambre.

Ranger ? Qu'est-ce qu'elle raconte ? Elle est folle !

Non, pas folle : dérangée !

Terreur

Il ne me fait pas peur. Pas peur du tout.

Le gros Ludo, la terreur du collège. Un mètre quatre-vingts, quatre-vingt-dix kilos, le crâne rasé, deux dents cassées. Il est en troisième, mais il a dû redoubler deux ou trois fois.

Il insulte les profs, rackette les petits et, si tu t'approches trop près, paf! il tabasse.

Il ne me fait pas peur. Pas peur du tout.

L'autre jour, dans le bus, il s'est effondré sur la banquette en face de moi en me lançant un regard noir. Je n'ai pas bronché. J'ai compté jusqu'à dix dans ma tête et j'ai marmonné entre mes dents, avec un grand sourire:

– Tu me fais pas peur, tu sais, t'es rien qu'un gros tas de graisse ambulant.

Il n'a pas moufté. Il a hoché la tête, vous savez, comme les petits chiens en plastique, à l'arrière des voitures de mémés.

Alors, j'ai dit plus fort, sans le regarder :

– Y en a marre de toi ! Tu ne nous impressionnes pas du tout, compris ?

Là, j'ai bien cru qu'il allait réagir. En se grattant le ventre, il a grommelé des mots que je n'ai pas compris, puis il s'est mis à se ronger les ongles. Ouf, sauvé.

J'ai laissé passer deux stations, et puis j'y suis allé carrément :

– C'est vrai, quoi, laisse-nous tranquilles, on ne t'a rien fait.

Il a relevé la tête. Ses yeux ont croisé les miens. Rien qu'un dixième de seconde. J'ai arrêté de respirer. Mais il s'est remis à secouer la tête comme un demeuré. Tout son corps tremblait. Assez comique.

Je me suis redressé, j'ai respiré un bon coup et j'ai lâché :

– Tu sais, tu nous fais pas peur. La prochaine fois que tu menaces quelqu'un, j'irai te dénoncer.

Il est resté un instant la bouche ouverte, suffoqué, je suis sûr. Je ne me suis pas démonté, j'ai même souri, un tout petit peu.

Alors, il a enlevé les écouteurs de son MP3. Plop, plop, ça a fait, tellement il les avait enfoncés dans ses oreilles. Il doit être sourd, ce type.

Brusquement, il a demandé :

– T'as l'heure, minus ?

J'ai pris mon temps, j'ai relevé la manche de mon anorak, j'ai regardé ma montre et j'ai répondu :

– Cinq heures trente-deux, Ludo.

Il a ramassé son sac, s'est levé péniblement et m'a tourné le dos. Je l'ai entendu grogner quelque chose.

Peut-être qu'il a dit : « Merci » ?

Grand

À ma mère, j'ai dit :

– Maman, je vais ranger ma collection de timbres. Si on m'appelle, tu dis que je ne suis pas là, d'accord ?

– Bien sûr, mon grand, a-t-elle répondu.

Elle a passé une main dans mes cheveux et ajouté en soupirant :

– C'est vrai que tu grandis, ces temps-ci.

À ma sœur Élodie (la grande bécasse), j'ai dit :

– Bon, tu ne me déranges pas, je fais de la muscu.

– Qu'est-ce que j'en ai à cirer ? a-t-elle (aimablement) répondu. Je ne suis pas ta nounou, tu n'es plus un bébé, non ?

À ma petite sœur, j'ai dit :

– Lola chérie, Lucas a besoin d'être tranquille. Il a plein de devoirs et de leçons pour l'école. Tu joues sagement toute seule, d'accord ?

– OK, a-t-elle répondu.

Elle a un drôle de vocabulaire depuis qu'elle va à la crèche.

J'ai fermé la porte de ma chambre. J'ai ouvert l'armoire, j'ai sorti un carton caché tout au fond, dans la penderie. Je l'ai posé sur le tapis, j'ai soulevé le couvercle.

Dans le couloir, j'ai entendu Lola dire à ma mère :

– Chut, Lucas travaille. C'est pas marrant d'être grand, on a toujours des devoirs pour l'école.

J'ai sorti les Lego, les petites voitures, les soldats du Moyen Âge. Et Totor, mon vieux nounours.

Et la bataille a commencé.

C'est Totor qui a gagné.

Voix

Le réveil sonne. Je fais semblant de ne pas entendre, je m'enfonce sous la couverture. Pas envie de me lever. Fait froid, ce matin, et on a un contrôle de maths au collège.

– Debout, tarte au citron !

Hein ? Qui a parlé ? Je saute du lit, regarde partout, sous le lit, derrière la porte. Mais non, personne. Et pourquoi le réveil tictaque aussi bizarrement ? On dirait un petit ricanement malin.

Je m'enferme à la salle de bains. Je me déshabille, prends ma douche.

– N'oublie pas les oreilles, mon lapin !

Hein ? Qui a parlé ? J'ouvre l'armoire, la corbeille à linge. Idiot, personne ne peut s'y cacher. Mais alors, qui a parlé ? La douche crache trois jets furieux. Ma parole, elle se fiche de moi !

Je file à la cuisine, à moitié rassuré. Je m'assois, verse du lait dans mon bol. J'allume la radio. Le Frigidaire ronronne, la machine à laver clapote, la cafetière électrique glougloute. Normal. Rassurant.

Sur la route du collège, la chaîne du vélo grince. Non, elle chuinte, chuchote : « Chichi, mon z'ami, t'as un p'tit zizi. Chichi, mon z'ami… » J'arrête de pédaler, elle s'arrête aussi, mais dès que j'appuie sur la pédale, elle remet ça : « Chichi, mon z'ami, etc. »

– Ferme-la ! je dis. En plus, je m'appelle pas Chichi !

Mais elle continue son refrain : « Chichi, mon z'ami, t'as un p'tit zizi… » Quand j'arrive près du portail, une fille se retourne. Sarah. Elle est dans ma classe. Elle me fixe et elle sourit. Je rougis. Zut ! elle a entendu l'autre imbécile.

Cours de maths. Je termine mon interro. Tranquille. Soudain, une voix. Encore. Je deviens fou ou quoi ? C'est ma trousse, posée devant moi.

– T'as tout faux, Zorro !

N'importe quoi ! J'ouvre ma trousse, la vide, la secoue. Mais la voix reprend, moqueuse :

– T'es un zéro, Zorro, t'as tout faux !

Elle se marre ouvertement, elle se fiche de moi. Je panique, je guette la réaction des copains : est-ce qu'ils ont entendu, eux aussi ? Non, ils ont la tête penchée sur leur feuille. Je délire, c'est clair, je suis bon pour l'hôpital psychiatrique. Alors, je prends la trousse, la fourre dans mon sac à dos et ordonne :

– Boucle-la, maintenant, ou je te défonce !

Mais elle, elle répond :

– Lucas, ça suffit, ton cinéma !

C'est dingue, elle connaît mon nom ! Je suis dans un mauvais film, là, dites-moi que je rêve ! Et elle insiste :

– Lucas, tu vas te calmer, oui ou non ?

Je crie :

– Toi-même, vieux trognon !

Alors, là, des hurlements ! Je lève les yeux. C'est le prof, rouge de colère.

– Trois heures de colle ! Apporte-moi ton carnet de correspondance !

C'est le prof ! C'est lui qui a parlé ! Je ne suis pas fou ! Tout joyeux, je me lève, je me précipite, je tends mon carnet :

– Oh merci, m'sieu, merci, merci !

Je saisis la main du prof, je l'embrasse. Je ne suis pas fou ! Je ne suis pas fou !

– Mais t'es cinglé ! braille le prof.

Je suis beau

J'ai ouvert la porte de la salle de bains. Je suis entré. Je me suis cogné le genou contre un tabouret qui traînait là. J'ai refermé la porte derrière moi. Je me suis déshabillé. Nu de la tête aux pieds. Et je me suis contemplé dans le miroir, le grand miroir du placard.

Je suis beau.

Mes yeux sont beaux. Bleus, tout bleus. Mon nez est beau, ma bouche aussi. Mon menton est beau. Mon torse est beau. Et mes biceps, super beaux. Tâtez, c'est de l'acier.

Mon nombril est beau. Et tout ce qu'il y a dessous. Oui, oui, c'est vrai. Mes genoux sont beaux.

Mes mollets sont beaux. Et mes pieds, ah mes pieds, qu'est-ce qu'ils sont beaux !

En résumé : je suis beau. Je trouve.

Et puis ma mère a ouvert la porte. Zut ! j'avais oublié de fermer à clé. Vite, j'ai pris une serviette, l'ai enroulée autour des hanches.

Elle a allumé la lumière.

– Qu'est-ce que tu fais là dans le noir ? a-t-elle demandé.

Je ne dis rien. Je ferme les yeux. La lumière brûle mes paupières.

Je ne veux rien voir.

Je suis beau.

Dans le noir.

Amoureux

Ça y est, je le sens, je le sais
pas de doute, pas de secret,
c'est vrai :
j'suis amoureux.
Ça m'a pris, ébloui, dans la rue, à midi.
Ah
amoureux.

Comme un éclair
orage et tonnerre
un grand silence
et tout s'arrête.

Boum boum dans le cœur
et des pieds à la tête
une vague de bonheur.
Amoureux.

Dans la vitrine du boulanger
je me suis vu
pas reconnu :
tout changé, bouleversé.
Dans la vitrine du charcutier
je me suis observé :
cheveux noirs et yeux bleus
je suis heureux
amoureux.
Ce n'est pas moi
ce Lucas-là
trop beau tout ça
je n'y crois pas.

Je siffle, je chante, je fredonne.
À pleins poumons
sur tous les tons.

Ah
amoureux.
Je saute par-dessus les poubelles, je danse hip-hop sur le trottoir, je dribble avec une canette de bière, je tire, je marque !
Ah
amoureux.

Mais de qui, au fait ?
Stop. En plein mouvement, je me fige.
Zut, c'est embêtant.
J'aime.
Mais qui ?
Qui est-ce que j'aime ?
La prof de français ?
Non, elle m'a collé un zéro en dictée.
Sarah ?
Non, elle n'aime pas les choux de Bruxelles, et moi j'adore ça, alors entre nous, ça ne colle pas.
Nadia ? Élise ? Sophie ? Sandra ? Yasmine ?
J'aime. Mais qui ? Qui est-ce que j'aime ?
Embêtant, agaçant.

Ah.

Et puis je n'ai pas le temps.

Il y a un match à la télé. Auxerre-Sochaux. Dans deux minutes, ça va commencer.

Qui va gagner ?

Couleurs

C'était au feu ***rouge***, en face la mairie. J'étais avec ma mère (en pantalon ***beige***) et ma petite sœur Lola, dans sa poussette (***bleu marine***). Le feu était ***vert***.

– Regarde le petit bonhomme pour les piétons, Lola. Il est de quelle couleur ?

– ***Rouge*** ! répond Lola, toute fière.

– C'est bien, ma chérie, dit ma mère.

Et elle sort un biscuit au chocolat de son sac à main (***jaune*** vif) et le donne à Lola.

Juste à ce moment, une jeune femme s'est arrêtée près de nous. Pantalon ***noir*** et T-shirt ***orange***. Je l'ai reconnue tout de suite. J'ai viré au ***blanc***, puis au ***rouge*** tomate. Zut ! ma prof de français. Je me suis baissé et j'ai fait semblant de relacer mes baskets (***gris*** clair avec des bandes ***rouges***). Mais elle m'avait repéré.

–Oh, bonjour, Lucas, comment vas-tu ?

Je lui lance un regard ***noir***. Je bredouille :

–Euh, bonjour, mademoiselle Racette.

Ma mère se retourne. Elle a une trace ***marron*** (chocolat) sur son T-shirt ***blanc***.

–Oh, bonjour ! s'écrie-t-elle. Vous êtes le professeur de Lucas, n'est-ce pas ?

Gênée, elle se passe la main dans ses cheveux (***châtains***).

–Mais oui, j'ai ce plaisir, répond la prof.

Je suis ***vert*** de rage. Elles ne vont quand même pas faire la conversation sur le trottoir. Entretemps, le feu est passé à l'***orange***, puis au ***rouge***, puis au ***vert***.

–***Rouge*** ! s'écrie Lola.

OK, OK, Lola, le petit bonhomme est ***rouge***. On va rester planter là longtemps sous le ciel ***gris*** et menaçant ?

La prof s'agenouille devant Lola et s'extasie bêtement.

–Comment t'appelles-tu, ma chérie ?

Oh, oh, horreur ! En deux secondes, je change trois fois de couleur : ***rouge*** brique, ***blanc*** comme un linge, et à nouveau ***rouge*** coup de sang. La prof a un pantalon taille basse et j'ai vu… son string ! ***Noir*** ! En dentelles.

La prof se relève, me sourit (***rouge*** à lèvres ***argenté***). Je croise un instant son regard (yeux ***gris***, très lumineux).

–Est-ce qu'il est sage en classe ? demande ma mère.

Là je repasse au ***vert*** (comme le petit bonhomme des piétons).

–Oui, oui, pas de problème avec lui, répond la prof.

–Pipi, pipi ! crie Lola en soulevant sa robe (***rose***, avec des lapins ***bleus*** brodés par-dessus) et montrant sa culotte (***jaune*** pâle).

Sauvé !

Mais non. Ma mère ne prête pas attention aux cris de ma frangine. Elle est toute ***rose*** d'excitation.

– Et il travaille bien ? demande-t-elle encore.

Je suis ***marron.*** Eh oui : ***vert*** (de rage) et ***rouge*** (de honte), ça donne une drôle de couleur (genre caca d'oie).

– Ça va, dit la prof. (Ah, ses yeux ***gris*** !) Sauf l'orthographe. Là, il est carrément dans le ***rouge***, notre Lucas.

– Pipi ! Pipi ! hurle Lola à pleins poumons.

Elle est ***violette.*** Ma mère se précipite. Ah, quand même !

La prof prend congé, traverse la rue (c'est pourtant ***rouge*** pour les piétons). Arrivée de l'autre côté, elle se retourne, agite la main dans ma direction. Je suis sur un petit nuage (***rose***). Dans ma tête, chante une drôle de musique : « Ding, ding, elle a un string (***noir***) ! »

Lola fait pipi dans le caniveau. Je tourne le dos, fixe sans la lire une affiche devant moi (lettres ***vert*** épinard sur fond ***jaune*** canari).

Ma mère se relève, me regarde bizarrement.

–Qu'est-ce que tu as, Lucas ? Tu es tout ***blanc.*** Tu ne couves pas une maladie au moins ?

–Si ! je grogne. Une rougeole. Ou une jaunisse.

– ***Vert*** ! crie Lola en tendant le doigt. ***Vert***, maman, ***vert*** !

Elle est drôlement intelligente, cette petite. Je vais lui offrir un album de coloriage.

C'est ma faute

Parfois, je pense à ça.

À mon père qui n'est plus là.

C'est ma faute.

Le soir, quand j'étais couché, souvent je les entendais se disputer. Mes parents. Les mots éclataient comme des balles. Ça faisait mal. Alors, je mettais la tête sous l'oreiller, pour ne plus entendre.

C'est ma faute.

Un mercredi, j'ai aperçu mon père avec une autre femme. Blonde, un peu boulotte, en robe rouge et blanche. Ils étaient devant la poste. Il a pris sa main, elle s'est serrée contre lui. Leurs visages se sont approchés. Je me suis caché derrière un arbre, et j'ai fermé les yeux.

C'est ma faute.

Et puis, un dimanche, il a entassé des vêtements dans des valises. Il a empaqueté des objets dans des cartons. Je n'ai pas bougé, je n'ai rien fait, je ne l'ai pas empêché. Je me suis enfermé dans ma chambre et j'ai pleuré. C'est nul de pleurer. Le soir, il était parti.

C'est ma faute.
Peut-être.
Peut-être pas.

Mais c'est pas ma faute, si la lampe du salon est cassée. Je m'entraînais aux tirs au but dans le couloir. Bang! Bang! le ballon frappait la porte du salon. Bang! Bang! je marquais à tous les coups. Et puis… Bling ! Bling ! j'ai entendu un drôle de bruit. La lampe était tombée. Ma mère a hurlé, le soir, quand elle s'en est aperçue. Mais j'ai hurlé plus fort :

– C'est pas ma faute ! Pas ma faute ! Pas faute !

Et je me suis enfermé dans ma chambre.

Pour pleurer.

Pourquoi ?

Pourquoi ?

C'est nul de pleurer.

Lettre

Il faut que j'écrive une lettre à ma grand-mère. Ça fait trois jours que ma mère me bassine. « Tu dois la remercier pour l'argent qu'elle t'a envoyé. » Tu parles : un billet de dix euros pour mon anniversaire. Si je soustrais le prix de l'enveloppe et du papier, plus cinquante-trois centimes pour le timbre, il ne reste plus grand-chose.

« Je pourrais téléphoner », ai-je dit. Mais non, il paraît que ça ne se fait pas : mamie m'a envoyé une lettre, alors, je dois répondre par une lettre.

Je pourrais envoyer un SMS, aussi. C'est comme écrire. Sauf que mamie n'a pas de portable. Moi non plus, d'ailleurs.

Bon, bon, je vais écrire. Une carte postale. C'est plus facile à remplir. En plus, j'en ai trouvé une gratuite. C'est une copine qui me l'a donnée. Son père est boucher et, dans son magasin, il y a des cartes avec des recettes. Voilà, pour grand-mère ce sera *Estouffade de veau sous la mère.* Plutôt horrible, le nom de cette recette, mais c'est tout ce que j'ai.

Je commence par écrire : *Chère mamie.* Ah non, je peux mettre la date, ça prend une ligne. Ensuite : *Merci pour l'argent.* Non : *Merci* ***beaucoup*** *pour l'argent.* Je pourrais dire : *Je te remercie beaucoup pour l'argent que tu m'as envoyé pour mon anniversaire.* Mais je ne suis pas sûr de l'orthographe, et il y a une répétition.

Et maintenant ? Je n'ai plus d'idée. Ah si : *Comment ça va ?* C'est pas mal. Holà, je ne suis qu'au milieu de la carte, je n'arriverai jamais à tout remplir. Tiens, j'ajoute : *J'espère que ça va bien.* Parfait. Et je peux écrire : *Moi, ça va.* Elle sera contente de le savoir, je suppose. Encore deux lignes. Je mordille mon stylo. Je soupire. Comment ils font, les écrivains pour écrire des centaines et des centaines de pages ? Je parie qu'ils copient.

Je relis : *Chère Mamie. Merci beaucoup pour l'argent. Comment ça va ? J'espère que ça va bien. Moi, ça va.* Il manque toujours deux lignes. Zut !

Cling, une idée !

Maman va bien. Élodie va bien. Lola va bien. Élodie et Lola, c'est mes sœurs, la grande et la petite. Dommage que je n'aie pas trois frangins. Et un chien, un chat et un poisson rouge. Ah, mais mamie a un chat. Comment il s'appelle déjà ? Ah oui, Gouga. Vite, j'écris : *Est-ce que Gouga va bien ?*

Et voilà, j'ai fini. Il y a encore du blanc, mais je vais mettre *Bons baisers* et faire une grande signature.

La carte dans l'enveloppe, l'adresse, le timbre, terminé ! Je suis épuisé, la tête vidée. J'ai vraiment rien à lui raconter à mamie.

Oh zut ! j'ai oublié de lui demander d'envoyer sa recette de tarte aux groseilles pour que maman la fasse.

Et si elle a retrouvé la vieille lampe de cheminot de papy. Il avait promis de me la donner.

Et d'acheter des asticots pour la pêche quand je viendrai, la première semaine des vacances.

C'est bien ce que je disais, il faut que je lui téléphone.

Imagination

Un soir, au dîner.

On est tous là : ma mère, ma sœur aînée Élodie et Lola, la petite dernière de la famille. Et moi bien sûr.

Ma petite sœur plonge les mains dans sa soupe poireaux-pommes de terre et se les passe sur le visage. Ma mère ne réagit pas. Elle est en grande conversation avec Élodie. J'essuie la gueule du petit monstre vert et tente une intervention :

– Vous avez vu, il y a un nouveau locataire au troisième.

Aucun succès. Je m'en doutais. Elles parlent des amours d'un acteur de cinéma : est-ce qu'il va divorcer et qui aura la garde du chien? (Je ne suis pas sûr de suivre.)

Nouvel essai:

– Vous avez vu le type du troisième? Je le trouve bizarre, il ne répond même pas quand on lui dit bonjour, il te regarde avec ses petits yeux jaunes, moi, il me fout carrément la trouille.

Aucun effet. Elles ont fini avec l'acteur, elles discutent de strings, maintenant. Ma sœur a-t-elle le droit d'en porter au collège? Ma mère est contre. J'aimerais bien donner mon avis, mais je n'en ai pas. Je voudrais quand même en placer une. Alors j'élève la voix pour me faire entendre:

– Le mec du troisième, il n'est pas normal, je suis sûr. Il a une cicatrice sur le front et des têtes de mort tatouées sur les bras. Et il a toujours un poignard à sa ceinture. Quand je suis passé devant chez lui, aujourd'hui, j'ai vu des traces de sang sur son paillasson. Et j'ai entendu des cris derrière la porte.

– Tu les as essayés? demande ma mère.

Non, ce n'est pas à moi qu'elle s'adresse. Elles discutent de quoi, maintenant, les deux ? Oh non ! Pas ça ! Et à table, encore ! Des trucs de femmes. Zut, je rougis, c'est malin. Impossible de les arrêter. Je me bouche les oreilles. Et parle tout seul :

– C'est horrible, ce qui se passe au troisième étage. Le nouveau locataire, il enlève des femmes et des enfants, il les enferme chez lui et il les découpe avec un couteau à pain. Pour nourrir ses piranhas. Ou ses crocodiles, je ne sais plus.

J'ôte les mains de mes oreilles. Elles n'ont pas écouté. Lola, ma petite sœur, s'est glissée sous la table. Elle lèche le sol. C'est son nouveau jeu, elle se prend pour un chien. Je la relève, lui donne un morceau de pain.

Je tousse. Très fort. Ma mère et Élodie continuent tranquillement leur conversation.

– Eh bien, moi, je vous dis, ce mec, il faudrait l'arrêter. Je suis sûr que c'est un terroriste, en plus. Il va mettre le feu à l'immeuble, un de ces jours, ou poser une bombe au supermarché. Waouh, on va tous sauter !

Elles sont sourdes ou quoi ? Sous la table, Lola me mord un mollet.

– Couché, sale chien ! je crie.

Sans prévenir, ma mère s'adresse à moi.

– Tu ne dis rien, Lucas ?

Je suis sec, tout à coup. Je bredouille :

– Euh, non…

– Ça, c'est les garçons, soupire ma mère, jamais rien à raconter. Au fait, tu as eu combien à ton devoir de français ?

– Bof, pas terrible. La prof a dit que je manquais d'imagination.

Papa ?

S*amedi, 15 h 50*

Je prépare mes affaires pour le week-end. On part chez mon père, Lola et moi. Élodie, ma sœur aînée, ne vient pas. Elle participe à un concours de danse, demain.

« Lucas, tu es prêt ? » crie ma mère depuis le salon.

Non, je ne suis pas prêt. De toute façon, mon père arrive toujours en retard. Il a dit qu'il passerait vers 16 heures. On verra.

Mon père. Comment je vais l'appeler ? Ça fait un mois et demi que je ne l'ai pas vu.

« Papa ? » Non, je ne peux pas.

Je ne peux plus.

Par son prénom? «Jean-Paul?» Ça ne va pas. C'est un prénom pour un boulanger. Ou un prof de maths. Et mon père est au chômage.

15 h 58

Je range ma Game Boy dans le sac de sport. Je tasse, je tire la fermeture Éclair. Je m'assois sur le lit. J'attends. Mon père.

Je pourrais l'appeler René. C'est son deuxième prénom. Comme papy. Papy René. Mais il est mort, papy René. Papa aussi.

Non. Ce n'est pas pour lui, René. C'est un prénom de grand-père. Et il ne sera jamais grand-père, mon père.

J'aurai jamais d'enfants, moi.

16 h 32

Plus d'une demi-heure de retard. Lola, ma petite sœur, est entrée dans ma chambre. Elle joue avec mes chaussures de foot. Je la laisse faire. Maman lui a mis une robe rouge en velours.

Zinédine. Ce serait bien, s'il s'appelait comme ça, papa. Milieu de terrain au Real Madrid. Meilleur buteur de son club. Champion du monde de foot. J'aurais son poster dans ma chambre. Et je ne le verrais que deux fois par an. Pendant l'intersaison.

17 h 15

Le réveil clignote sur la table de nuit. 17 h 15, 17 h 15, ça dure une éternité. Il ne viendra pas de toute façon.

Lola s'est endormie sur mon lit. Elle serre dans ses bras une chaussure de foot.

Grocon. C'est ça, son prénom, à mon père : Grocon, Grocon, Grocon.

Il n'est pas tellement gros en fait. Plutôt baraqué. Il fait du judo et du karaté.

18 h 21

Il a téléphoné. Sa voiture est en panne. A dit maman.

C'est peut-être vrai.

J'ai vidé mon sac. Tout jeté sur le tapis.

Maman a déshabillé Lola. Lui a remis un jean et un vieux pull bleu marine.

Rien. Je l'appelle Rien, mon père. Nul, Zéro, Rien.

Lola s'approche de moi, met ses petits bras autour de mes jambes. Et me regarde. Ses yeux noirs. Elle dit :

– Moi, quand j'aurai un papa, je l'appellerai Lucas.

Papa ?

Papa ?

Je t'aime

Il y a des tas de choses importantes qu'on n'apprend pas à l'école. Réparer une machine à laver, par exemple, ou repriser des chaussettes. Et dire « Je t'aime ».

Comment on fait, quand on est amoureux, la première fois ? « Je t'aime », oui, ça a l'air facile, en théorie. Mais en pratique ? À quel moment il faut le dire ? Et sur quel ton ? Dans quelle position ? Faut-il se laver les dents avant ? Mettre une cravate ou un nœud papillon ? Le dire à l'oreille ? Ou par SMS ?

On peut tout rater si on n'est pas entraîné.

Alors moi, je m'entraîne. Deux fois par semaine, mercredi et samedi après-midi. J'imagine une situation : par exemple, je suis amoureux de Sarah, une fille de ma classe. Attention, c'est juste une supposition ! Je suis allé au zoo une fois avec elle et son petit frère, c'est tout.

D'abord, il faut attendre le bon moment. Je ne peux pas lui dire « Je t'aime » devant la cage aux singes. Ni devant les serpents et les araignées géantes. Donc, il faut que je l'attire vers un banc. Elle s'assoit, je mets un genou à terre, je la regarde tendrement et je murmure : « Je t'aime. »

Je le fais. Vraiment. Dans ma chambre. À genoux sur le tapis.

Un peu trop, non ? Je risque de salir mon pantalon.

Ou bien : j'en pince pour Lucie. Elle est plus grande que moi, mais un jour je la dépasserai. Et puis, c'est pratique, elle est très bonne en classe, surtout en français. Comment faire avec elle ? Je lui donne rendez-vous à la bibliothèque pour préparer un exposé. On est assis à une table, côte à côte. Je pousse mon cahier vers elle, et je lui demande :

– Dis-moi, je n'ai pas fait de fautes d'orthographe ?

Bien sûr, sur le cahier, il y a écrit : « Je t'aime. » J'ai vérifié dans le dictionnaire, ça s'écrit comme ça.

Autre situation : je tombe amoureux d'Inès. Pourquoi pas ? Elle est sympa, et elle joue super bien au foot. Le problème, c'est qu'elle parle sans arrêt, même en cours. Alors comment lui dire « Je t'aime » ? J'ai une idée : je l'emmène au cinéma voir un film d'horreur. Elle est scotchée sur son siège. Je passe le bras autour de ses épaules et, au moment où l'homme à la tronçonneuse tranche le pied gauche du pompiste, je me penche vers Inès et je lui dis tout net : « Je t'aime. » Et tremblante d'effroi, elle tombe dans mes bras.

Ça marche. J'ai répété la scène. Avec le panda en peluche grandeur nature de ma petite sœur dans le rôle d'Inès. Je passe mon bras autour de ses épaules, je me penche vers Inès (enfin, le panda) et je dis bien fort (parce que le pompiste à l'écran hurle à la mort) : « Je t'ai... »

Juste à ce moment-là, ma sœur aînée, Élodie la débile, déboule dans ma chambre.

– Mais qu'est-ce que tu fabriques ? Tu joues encore avec des peluches, à ton âge ?

Je me lève, jette le panda loin de moi.

– Tu es folle ! je réplique. Je m'entraîne pour le judo. Je fais des prises, tu vois, ça s'appelle un *o-soto-gari*.

Et hop ! je lui fais une démonstration, la déséquilibre, la renverse en arrière. Et la voilà, dans mes bras, tout étonnée. Elle reste un long moment la bouche ouverte, comme un poisson crevé.

– Je t'aime ! je lui dis (pour rire, hein, pour rire).

– Crétin ! braille-elle enfin, en se ramassant péniblement.

M'en fiche. Maintenant, je sais : faire tomber une fille dans ses bras, c'est pas si difficile que ça !

Questions

Repas du soir.

– C'était bien à l'école ? demande ma mère.

D'abord, je ne suis plus à l'école, mais au collège. Elle a raté un épisode.

Et puis est-ce que ça peut être bien, le collège ? Ça sert à quoi ?

Bien sûr, je sais, c'est pour apprendre.

Mais pourquoi je dois apprendre tout ça, hein, le futur de l'indicatif et Charlemagne ?

Ah oui, pour préparer mon avenir. C'est ce qu'ils disent toujours, les parents, les profs et le conseiller d'orientation.

Mais, c'est quoi mon avenir ? Est-ce que j'en ai un ? Et si je meurs demain ? Écrasé par un hippopotame au zoo ou empoisonné par une tarte à la crème. Pourquoi pas, ça peut arriver.

Quand on est mort, est-ce qu'on s'aperçoit qu'on est mort ? Qu'est-ce qui se passe après ? Et à qui on donnera mon VTT ? Pas question qu'Élodie, ma vieille sœur, le récupère. D'ailleurs, elle ne sait pas en faire.

Et combien il y aura de gens à mon enterrement ?

Et si je ne suis pas vraiment mort, en fait ? Si je me réveille dans le cercueil ? Et si personne m'entend ? J'ai vu un film, comme ça, en DVD, où un gars était enterré vivant. Il criait, il tapait, il cognait contre le couvercle du cercueil, mais personne ne l'entendait. Comment ça s'appelait, le film, déjà ?

Hein ? Quoi ? Qui c'est qui parle ? Ah oui, ma mère. Qu'est-ce qu'elle dit ?

– Tu réponds à ma question, oui ou non ?

Ah oui, bonne question. C'était quoi la question ?

– De la mousse au chocolat, ai-je répondu.

À tout hasard.

Au fait, qui a inventé la mousse au chocolat ?

Bande-son

Drrrrrring! (Ça sonne à la porte d'entrée. Bizarre, qui ça peut être ?)

Toc toc toc! (On insiste.)

Boum boum boum! (On s'énerve. Ça résonne dans tout l'appartement.)

Zzzziiiip zzzziiiip! Crrriiish crrriiish! (Mais qu'est-ce qu'ils font ? C'est quoi, ces bruits ?)

Cling cling bing! (Hein ? Ils ont démonté la poignée.)

Poum poum poum! (Bruits de pas dans le couloir. Au secours, ils approchent ! Vite, se planquer sous le lit.)

Vlan! Vlan! Vlan! (Porte de la chambre enfoncée à coups de pied.)

Zoup ! Zap ! (Tiroirs ouverts.) *Clac ! Plac !* (Tiroirs refermés violemment.)

Doiiing ! Doiiing ! (Un type s'assoit sur le lit, le matelas gémit.)

Clik ! (Couteau à cran d'arrêt ou pistolet ?)

Crrrish crrrish ! (Des pas sur le parquet.)

Schlaaaaaaaaaaaarp ! (On tire le lit.)

Aïe ! (Découvert !)

Aaaaaaaah ! Oooooooooh ! Aaaaaaaarrrrrrgh ! (Agrippé, secoué, malmené, étranglé.)

Paf pif paf ! Paf pif paf ! (Gifles, claques, ça morfle !)

Waoumf ! (Coup de poing dans l'estomac.)

Pong ! (Assommé !)

Slurp ! (Traîné par terre.)

Splash ! (Écrasé contre le mur.)

Ouille ! Aïe ! Noooooooooooooooooooooooooon ! Hiiiiiiiiiiiiiiiiiiii ! (C'est fini. Traces rouges sur le mur, sur le parquet.)

Géniale, cette BD ! Ça castagne, ça bouge, ça saigne ! Je la referme, la pose sous le bureau. Ouf, un peu de silence. Ça fait du bien. Je m'étends sur le lit. Je n'allume pas la radio, ni le lecteur de CD. Silence. Je ferme les yeux. C'est bon. Le silence.

– À table ! crie ma mère.

– J'arrive ! braille ma sœur aînée.

– Ouiiiiiiiiiiiiiiiiiiiiiiiii ! piaille ma petite sœur.

– Ouaf, ouaf ! aboie le chien des voisins.

– Coucou ! Coucou ! Coucou ! coucoute l'horloge suisse.

– Silence ! je hurle. Silence !

C'est vrai, quoi, on ne peut même plus lire tranquille ici.

Pas volé

Ah, non, elle ne l'a pas volé.

Il y a quinze jours, je suis rentré du collège avec une nouvelle casquette. Une Mike, authentique, *made in China*, c'est marqué dessus.

Ma mère l'a vue. Et tout de suite, elle a aboyé :

– Tu ne l'as pas volée au moins ?

J'étais furieux. Bien sûr que je ne l'ai pas volée. Je l'ai échangée. Avec Kevin, un type de troisième. Contre une poupée Barbie. Eh oui, ce débile est amoureux d'Élodie, ma sœur aînée, et il m'a promis sa casquette si je lui rapportais quelque chose appartenant à ma frangine. « Un objet intime », a-t-il précisé. « Intime », je n'ai pas trop compris ce que ça voulait dire. J'ai pensé à la Barbie. Je l'ai piquée à ma petite sœur qui jouait avec.

Évidemment, je n'ai pas pu raconter ça à ma mère, et elle m'a forcé à rendre la casquette.

L'autre jour, même scénario. Je suis revenu avec un maillot du FC Sochaux. Flambant neuf (à part un trou de cigarette, mais ça ne se voit presque pas). Tout de suite, ma mère a braillé :

– Tu ne l'as pas volé au moins ?

Non, je ne l'ai pas volé. Je l'ai gagné. J'ai parié avec Bilal que la prof de français avait un string. Et on l'a tous vu quand elle s'est baissée pour ramasser un morceau de craie. Noir, à dentelles. Le string.

Évidemment, je n'ai pas pu raconter ça à ma mère, et elle m'a forcé à rendre le maillot.

Mais ce matin, je me suis vengé. Elle m'a traîné au supermarché. Pour que je porte les paquets. J'étais chargé comme un baudet. Elle est entrée dans un magasin de vêtements. Moi, je suis resté dans la galerie commerciale. J'ai attendu des heures. Enfin, elle est ressortie avec un sachet en plastique. Elle en a tiré un T-shirt. Affreux, rose avec des paillettes. Toute fière, elle me l'a montré.

J'ai vu qu'elle avait fait tomber le ticket de caisse. Et tout près, il y avait un vigile. Une armoire à glace, en costume noir, cent kilos de muscles, le crâne rasé. Alors, tout fort, j'ai demandé :

– Tu ne l'as pas volé, au moins ?

Aussitôt, le vigile s'est approché. Il a réclamé à ma mère le ticket de caisse. Elle ne l'a pas trouvé, bien sûr. Alors, le vigile l'a agrippée par le bras et l'a traînée vers les bureaux.

Moi, j'ai ramassé le ticket de caisse et j'ai pensé :

– Ah non, elle ne l'a pas volé.

Dingue

Dingue.

Dingue, tout ce qui m'est arrivé aujourd'hui. Je suis dans mon lit, lumière éteinte, et je fais tourner le film dans ma tête.

Ce matin, je veux mettre mon T-shirt du club de judo. Il est blanc, avec un dessin de judoka et une inscription : *Judo Club d'Audincourt.* Mais quand j'ai voulu l'enfiler, j'ai cru halluciner. Le judoka était toujours là, mais en dessous était écrit : *J'adore l'orthographe !* Impossible d'aller au collège avec ça sur le dos ! J'ai mis un T-shirt noir, couvert de signes chinois. J'étais un peu inquiet, car je ne sais pas ce que ça veut dire. Peut-être : *Je joue à la poupée* ou *Je fais encore pipi au lit.* Mais, bon, je ne crois pas que quelqu'un lise le chinois, dans la classe, même pas la prof de français.

Dingue.

En cours de français, justement. On faisait de la grammaire, une leçon sur les niveaux de langue. Par exemple, on ne peut pas dire à sa prof : « Tu me casses les pieds », c'est familier. Il faut dire : « Vous m'ennuyez », c'est le langage courant, ou encore mieux : « Vous m'importunez. » C'est idiot. Parce qu'elle ne m'ennuie pas du tout, la prof. Elle est trop mignonne. Aujourd'hui, elle avait un pantalon super moulant, et j'ai passé mon temps à regarder si on voyait la marque de son slip.

Elle m'a rappelé à l'ordre :

– Lucas, tu rêves ?

J'ai rougi, coquelicot et sauce tomate, et je me suis dépêché de copier la leçon sur mon cahier : « Vous m'importunez, vous m'ennuyez, tu me casses les pieds… »

J'ai pensé : elle a oublié le langage vulgaire. On dirait : « Tu fais chier », ou pire.

– Lucas ! Ton carnet ! Immédiatement !

Hein ? Quoi ? Je ne comprenais plus rien. Pourquoi elle criait, la prof ? Je n'avais pas ouvert la bouche, j'en suis sûr, juste pensé ! Dans ma tête !

Résultat : trois verbes à conjuguer à tous les temps.

Dingue.

En rentrant chez moi, devant la pharmacie, j'ai buté sur une poubelle. Qu'est-ce qu'elle faisait là au milieu du trottoir ? Je lui ai donné un coup de pied et j'ai passé mon chemin. Oui, mais elle m'a poursuivi en aboyant. J'ai détalé à toute vitesse, j'ai battu le record mondial du deux cents mètres, mais elle a réussi à me mordre le mollet !

Aïe !

Dingue.

Je réfléchis. Non, vraiment, c'est trop dingue. Qu'est-ce qui a pu se passer ?

Trois explications, au moins :

1) Je suis ensorcelé. C'est possible. La voisine du premier est trop bizarre, une vraie sorcière. C'est sûrement elle ;

2) J'ai rêvé. Un cauchemar éveillé. Mais la punition sur mon carnet, ça, c'est la réalité. Même qu'il faut que je la fasse signer ;

3) J'ai tout inventé. Ça m'étonnerait, la prof de français dit toujours que je n'ai pas d'imagination. Mais qui sait ?

Quand même, je vais nettoyer la morsure au mollet. Peut-être que la poubelle était enragée.

Foot

J'étais encore en pyjama. Je tournais autour du tas de vêtements éparpillés au beau milieu de ma chambre, me demandant ce que je pouvais bien mettre. C'était un mercredi d'automne, gris et venteux.

Élodie, ma sœur aînée, fait irruption, piétine allégrement un pull et un anorak.

– Comment tu me trouves ?

– Chiante ! Et fais attention où tu mets les pieds.

Elle trépigne, m'agrippe par un bras.

– Mais non ! Dis-moi si ça va.

Je l'inspecte de haut en bas. Jean taille basse, T-shirt blanc marqué d'un grand carré rouge, maquillage de star.

– Ferme la porte, il y a un courant d'air, dis-je.

– Crétin ! Dis-moi si ça va ! Farid arrive dans une demi-heure.

Farid ? Je suppose que c'est son fiancé de la semaine.

Je n'ai pas le temps de poser une question. Élodie a disparu.

Et moi, qu'est-ce que je vais mettre ? Je tire une manche. Un T-shirt de Snoopy. Trop bébé. Du pied, je remue le tas de fringues. C'est quoi, ce machin jaune ? Un vieux peignoir de mon père. Qu'est-ce qu'il fait là ? Je le jette dans la corbeille à papier.

– Et ça, qu'est-ce que tu en penses ?

Encore elle ! Elle se pavane devant moi, longue robe noire, chaussures noires, ruban noir dans les cheveux, une tonne de noir sur les yeux.

– Bof ! Y a pas un peu trop de couleurs ?

Élodie me donne un coup dans le tibia en hurlant :

– Tu es nul ! Ça me va super bien !

Et elle sort en claquant la porte. Quel cinéma ! Tout ça pour un mec.

J'ai pêché un pantalon de jogging. Pas mal. Mais je n'ai pas retrouvé la veste qui va avec. Dommage, c'est un truc de marque, un cadeau de mon parrain.

– Et là ?

Encore elle ! Cette fois, une tenue bleue et blanche, pantalon moulant et pull à longs poils. Maquillage assorti.

– Super, je dis.

Tu penses comme ça m'intéresse.

Elle insiste, tourne sur elle-même.

– Tu es sûr ? Ça va lui plaire ?

– Oui, oui, il va craquer, c'est clair.

Ah, enfin, elle dégage.

C'est fou, la garde-robe qu'elle a. Et moi ? Rien ! Je shoote de toutes mes forces dans l'amas de vêtements. Ça valse de tous les côtés. Je rattrape au vol un maillot jaune. Super, c'est le tricot du FC Sochaux. Je l'ai gagné en faisant un pari avec Bilal, un copain de classe. Ma mère voulait que je le rende, mais je l'ai gardé en douce.

Je l'enfile. La classe ! En fouillant bien, je devrais trouver un short noir de foot. Oui, là, il a atterri sur le bureau.

Sonnerie à la porte d'entrée. Une galopade dans le couloir. Élodie va ouvrir à son chéri. Quelle tête il a ? Il faut que j'aille voir.

Je me précipite. Farid est dans l'entrée. Jogging noir à bandes rouges, baskets ultraneuves.

– Salut !

Il se tourne vers moi. Me tape dans la main.

– Waouh ! Géniale, la tenue ! Moi aussi, je suis pour le FC Sochaux.

Sympa, le mec. Tout de suite, on parle du club, de l'entraîneur, du prochain match. Élodie me donne un coup de coude, me pousse, se plante devant moi. Mais Farid ne la voit pas, continue de discuter avec moi.

Un grand cri, une porte qui claque. On se regarde, Farid et moi.

– Ne t'en fais pas, dis-je. Tu as vu les couleurs qu'elle porte ? Elle est pour Auxerre, ça explique tout.

Fric

Du fric !
Je veux
du fric du flouze du pèze du blé du pognon
de la tune de l'oseille des pépètes des biftons
par millions par milliards
en euros en dollars
je veux être un richard, une star
rouler en Rolls et en Jaguar
(tiens, ça rime avec corbillard)
fumer des cigares de Madagascar
manger du caviar, du homard
et des tas, des tas de Carambar !

C'est vrai, j'en ai marre, moi, d'avoir rien. Pas d'ordi, pas de portable, et mes baskets sont pourries.

Quand même, c'est pas juste. Il y en a qui ont tout, maison avec piscine et cuisine intégrée, trois télés, dix VTT, la plage en été, le ski en février. OK, je passe les vacances chez ma grand-mère, c'est sympa, je peux pêcher et faire de la barque tout seul sur la rivière. L'an dernier, j'ai pris un sandre et deux brochets. Mais j'aimerais bien aller aux Baléares, comme un richard, avec ma Rolls et ma Jaguar, mes cigares, mon caviar et mon homard. Et mes Carambar.

– Tu es agaçant, dit ma mère. Tu ne penses qu'à l'argent. Au fait, tu me dois cinq euros, j'ai payé ta cotisation pour le judo.

– Tu n'es pas poétique, dit ma sœur. Tu ne penses qu'au fric. Au fait, tu n'aurais pas dix euros ? Je dois acheter un pneu pour mon vélo.

Cinéma

Je voulais aller au cinéma, pour voir *Massacre au collège 3*. Paraît qu'il y a une scène géniale, quand le prof de gym est étranglé avec un spaghetti.

Ma mère ne voulait pas: « Trop violent, a-t-elle dit. C'est interdit aux moins de douze ans. » Sauf que j'ai douze ans depuis la semaine dernière.

D'abord, j'ai essayé de négocier.

– Si tu me laisses y aller, je te promets, je rangerai le grenier, ai-je proposé.

– J'ai dit non ! Tu comprends le français ? a répliqué ma mère.

OK, me suis-je dit, je vais essayer autre chose.

– Dans ma classe, ils y vont tous ! Mais moi, j'ai jamais le droit de rien !

– Même Sarah ? Ça m'étonnerait que ses parents lui laissent voir ce genre de film. Je demanderai à son père, il travaille à la boucherie du supermarché.

Zut, un point pour elle !

Je n'ai pas renoncé.

– J'ai compris, tu m'empêches de sortir, ai-je marmonné. Je suis prisonnier, quoi.

Je me suis enfermé dans ma chambre et j'ai mis la musique à fond. Je n'ai pas bougé quand elle m'a demandé de descendre la poubelle. Je n'ai pas ouvert quand elle est venue m'apporter mes chaussettes. Résistance passive, ça s'appelle. Elle allait craquer, c'est sûr.

Non. C'est moi qui ai craqué. À cause des lasagnes. Ça sentait trop bon dans l'appartement. Je suis donc sorti de la chambre, mais je n'ai pas prononcé un mot pendant le repas, pas répondu à une question, fait comme si elle n'existait pas.

Ha, ha, ha !

Et puis, j'avais une autre tactique en réserve.

Le lendemain, dès le réveil, j'ai attaqué.

– Bonjour, maman, alors je peux aller au cinéma, ce soir ?

Au petit déjeuner :

– Donc, c'est OK pour le cinoche, ce soir, hein ?

En rangeant la table :

– Laisse-moi aller au ciné, s'il te plaît.

Sous la douche, j'ai chanté, vociféré :

– Yé yé yé, ce soir je vais au ciné !

Elle a hurlé : « Arrête ton cinéma ! » mais j'ai continué. J'ai supplié, menacé, cajolé, imploré : je l'ai harcelée toute la journée.

Elle n'a pas cédé.

Alors, j'ai joué ma dernière carte :

– Je m'en fiche, je demanderai à mon père. Lui, il me laissera y aller.

Elle a pâli.

– OK, vas-y, a-t-elle lâché.

C'est tout. Je n'étais pas très fier, mais, bon, j'avais gagné.

Je suis allé au ciné. C'était bien. À part que je me suis trompé dans les horaires. Je n'ai pas vu *Massacre au collège 3*, mais un film coréen sous-titré en anglais. Je n'ai rien compris.

Tant pis : j'ai gagné.

Oui, c'est ça : j'ai gagné.

Tant pis.

Caramels

Dans la cité, les gens l'appellent « Roulettes », à cause du cabas à roulettes qu'il tire derrière lui pour faire ses courses. Moi, je dis « Monsieur Roulettes ».

M. Roulettes a quatre-vingt-cinq ans, des rhumatismes et un béret sur la tête. Quand je le croise, la conversation est toujours la même :

– Salut, Lucas… Lucaramel ! dit-il.

Et il rit. Au début, ça m'énervait. Plus maintenant. Je réponds :

– Non, aujourd'hui, c'est Lucatastrophe.

Ou : Lucasocial, Lucatapulte, Lucasserrole, Lucasino, Lukamikase…

J'ai tout un répertoire.

– Oui, oui, dit-il en secouant la tête, mais pour moi tu es Lucaramel. Tu es un petit caramel, toi, et tu verras, quand tu seras grand, les filles se battront pour te croquer. Mais il faudra qu'elles aient de bonnes dents !

Et il rit.

Moi, je rougis.

Avant-hier, je l'ai rencontré près du centre commercial. Il était assis sur un banc, son cabas près de lui. Quand je suis passé devant lui, j'ai cru qu'il dormait. Mais non, il a soulevé une paupière et a marmonné :

– Eh, salut, Lucaramel.

Il avait du mal à parler.

– Non, j'ai dit, aujourd'hui, c'est Lucaoutchouc.

Je n'étais pas très inspiré.

– Oui, oui, a-t-il marmonné, mais pour moi tu es Lucaramel.

Il a toussé, douloureusement, puis il a ajouté :

– Regarde dans mon cabas, gamin, il y a quelque chose pour toi.

J'ai obéi. J'ai trouvé un gros sachet de bonbons dans le cabas. Non, pas des bonbons, des caramels.

J'étais surpris. C'était la première fois qu'il me donnait quelque chose. Je ne savais pas quoi dire. Il a murmuré :

– Allez, file maintenant. Adieu, Lucaramel.

Et il a ri. Un rire éraillé, presque un hoquet.

J'ai dit : « Merci », et je suis parti. Je me suis retourné une fois. Il était tassé sur le banc, le cabas à roulettes près de lui.

Tout à l'heure, quand je suis rentré du collège, ma mère m'a annoncé :

– Tu sais ce que j'ai appris ce matin à la boulangerie ? M. Roulettes est mort. Pauvre vieux, je l'aimais bien.

Je n'ai pas réagi. Ma gorge s'est serrée. Un peu.

Dans ma chambre, j'ai sorti le paquet de caramels. Je l'ai ouvert. Je l'ai vidé sur mon lit et compté les caramels. Il y en a cinquante.

Je réfléchis. Est-ce que je les mange ? Est-ce que je les garde en souvenir ? Si j'en mange un par an, je me souviendrai pendant cinquante ans de M. Roulettes. Si j'en mange un par mois, je me souviendrai de lui pendant quatre ans et deux mois seulement.

Si je les mange tous aujourd'hui, est-ce que je l'oublierai ?

Non, j'aurai mal au ventre.

Sur le paquet, il y a écrit : *À consommer de préférence avant le 08 12 2010.*

Peut-être que je serai mort d'ici là. Et je ne pourrai plus penser à M. Roulettes.

Je vais donner les caramels à Lola, ma petite sœur. Elle les apportera à la crèche.

De toute façon, je n'aime pas les caramels.

Fête des Mères

Mince, demain, c'est la fête des Mères et je ne sais pas quoi offrir à ma mère.

En plus je n'ai que 4,37 euros, en pièces jaunes. J'ai regardé dans la tirelire de ma petite sœur, mais je n'ai trouvé que des boutons et deux jetons de Caddie.

J'ai proposé à Élodie, ma sœur aînée, de faire un cadeau commun. Elle a rigolé :

– J'ai tricoté un bonnet. Si tu veux, tu peux tricoter une écharpe assortie, je te fournis la laine.

Ha, ha, ha, très drôle !

J'ai demandé à Sarah, une copine de classe, ce qu'elle offrait à sa mère. Forcément, les filles ont plus d'idées dans ces cas-là.

–Moi, a-t-elle répondu, avec mon père et mon petit frère, on lui a acheté un épilateur. C'est en réclame au supermarché.

Un épilateur ? Jamais entendu parler de ça.

J'ai filé au supermarché, pour me renseigner. C'est une sorte de rasoir pour les femmes. Non, mais ça va pas ? Ma mère à moi, elle n'a pas de poils ! Ni de moustache.

Puis je me suis souvenu que la grande copine d'Élodie, Fouzia, travaille dans une parfumerie, et elle donne toujours à ma frangine des échantillons de produits de beauté.

Après le collège, je suis allé la voir dans son magasin, et je suis rentré avec un sachet plein d'échantillons de parfums : *Azur, Charade, Mirage, Fleur de Lune, Extravagance, Poison*… Une vraie collection.

J'ai tout vidé dans un flacon ancien que j'ai trouvé à la cave. Il n'y a pas grand-chose dans leurs échantillons : le flacon n'était même pas rempli à moitié. Mais un parfum, c'est 80 % d'alcool. Alors, j'ai rajouté de l'alcool à brûler, et un peu de rhum pour la couleur. J'ai bien mélangé, puis j'ai reniflé. Aaaaaaaaaaaaaaargh ! Carrément répugnant. J'ai vidé l'horrible mixture dans l'évier.

Tout était à recommencer.

Et puis, bing ! l'idée du siècle ! Ah, ça, elle va adorer : un poster dédicacé du FC Sochaux ! Le cadeau rêvé, pas vrai ?

J'ai couru acheter un poster de mon équipe préférée dans un magasin de sport. Comme il n'y avait pas de poster dédicacé par les joueurs, j'ai demandé à mes copains de signer. Ils ont gribouillé de belles signatures illisibles. Sauf Sarah, une fille de ma classe. Elle a dessiné un cœur autour de son prénom. C'est malin. J'ai dû repasser par-dessus. Ça fait un drôle de pâté.

Quand même, maman était tout émue quand elle a déballé mon cadeau, ce matin.

– C'est quoi ? a-t-elle demandé.

Je lui ai expliqué. Elle a secoué la tête en marmonnant : « Ah oui, ah oui, ah oui. » Tellement elle était contente.

Elle a voulu m'embrasser, mais je me suis dégagé.

– Merci, mon Lucas, a-t-elle dit. C'est un cadeau original. Tu sais quoi ? Tu afficheras le poster dans ta chambre. Comme ça, je pourrai le voir chaque fois que je passerai l'aspirateur.

Super. Elle a juste oublié quelque chose : depuis trois semaines, c'est moi qui dois faire le ménage dans ma chambre. Il y a trop de désordre, paraît-il.

Père Noël

Ça les fait bien rire. Toujours, ils racontent cette histoire, pendant les réunions de famille, surtout à Noël, évidemment. C'est mon oncle Antoine qui commence, le plus souvent :

– Vous vous souvenez de Lucas petit ? Il avait six ou sept ans et il disait : « Moi, quand je serai grand, je serai père Noël ! » Montre un peu si ta barbe a poussé.

Ha, ha, ha !

Mon cousin Éric s'en mêle :

– Alors, tu vas préparer le CAP « conducteur de traîneau » au lycée ?

Ha, ha, ha !

Mamie en rajoute une louche :

– Je te coudrai un manteau rouge et un bonnet à pompon !

Ha, ha, ha !

Ma tante Zaza insiste lourdement :

– Et ne te salis pas en escaladant les cheminées !

Ha, ha, ha !

Ma sœur Élodie met son grain de sel, bien entendu :

– Faudra que tu muscles tes petits biceps pour soulever les paquets !

Ha, ha, ha !

Ma mère se tait, heureusement, mais elle sourit.

Moi, je ne dis rien. J'attends. Ils finissent toujours par se taire.

Je ferai quoi quand je serai grand ? Sûrement pas prof de français. Ni marchand de canons. Ni présentateur à la télé, ah non ! Et pas comme mon père : il est chômeur.

J'aimerais être médecin, je crois. Je découvrirais de nouveaux médicaments, pour guérir les enfants malades.

Ou fabricant de jouets. Je les vendrais très cher aux gens riches. Et quand j'aurais beaucoup, beaucoup d'argent, je les donnerais pour rien aux enfants pauvres, partout dans le monde, même en Afrique.

Oh, et puis non. Père Noël, finalement, ça m'irait bien.

En plus, ma barbe commence à pousser. C'est vrai, je l'ai vu dans le miroir de la salle de bains, ce matin. Sur mes lèvres, il y a une ombre de duvet.

Fin

Mercredi matin. Salle d'attente, chez le dentiste.

Je lis une BD. Des gags de Jimmy et Daffy. Ils sont en classe. La prof de français a le dos tourné. Ils fabriquent une catapulte avec deux stylos, une règle et des élastiques. Ils vont lancer une bombe à eau… Flûte, il manque une page !

Mais comment ça se termine, cette histoire ?

Mercredi après-midi.

Couché sur le tapis du salon, je lis une revue d'informatique. La porte du couloir est ouverte.

Ma sœur est au téléphone. Avec sa copine Nouria, apparemment. Forcément, j'entends. C'est marrant :

– Tu sais quoi ? J'étais restée avec Farid dans le couloir, au deuxième étage, et… Hein ? Curieuse, ça ne te regarde pas ! On était là, donc, et tout à coup on voit la porte de la salle 211 s'ouvrir. On se planque derrière le pilier, et qui est-ce qui sort ? La prof de français avec le prof de gym ! Si, Dunot ! On se demande ce qu'il faisait là… Attends, c'est pas fini…

Zut, elle m'a vu.

– Une seconde, je suis sur écoute, dit-elle.

Et elle va s'enfermer dans sa chambre avec le téléphone.

Mais comment ça se termine, cette histoire ?

Mercredi soir.

Je regarde un film à la télé. Un suspense terrible. Un tueur en série assassine des enfants. Il les assomme à coups de dictionnaire. En fait, c'est une prof de français qui se venge des élèves nuls en orthographe. Un gamin sort de l'école, un soir, sans se douter qu'elle le suit avec une énorme encyclopédie. Le malheureux traverse un parc très sombre et… Plus rien !

– Lucas, au lit, il est dix heures et demie passées !

– Mais, maman, je veux savoir la fin !

Ma mère est intraitable. Elle s'empare de la télécommande, s'installe dans le canapé. Je la connais, elle ne bougera pas tant que je ne serai pas couché.

Mais comment ça se termine, cette histoire ?

Jeudi matin, en cours de français.

Catastrophe, j'ai oublié de faire mon devoir ! Sujet : *Écrivez la fin du texte p. 42, manuel de français.*

Aïe, aïe, aïe, je le sens, ça va faire toute une histoire !

Et là, je connais la fin : zéro pointé et devoir supplémentaire, voilà comment ça va se terminer !

Remerciements

Ce livre n'existerait pas sans les encouragements, les suggestions, les réactions de nombreux lecteurs qui, directement ou indirectement, volontairement ou involontairement, ont participé à l'écriture.

Merci tout particulièrement à :

Dino Buzzati, dont la nouvelle « Crescendo », *in Le Rêve de l'escalier*, m'a inspiré « Imagination »,

Toni, du collège de Sotteville, qui a trouvé le titre « Voix »,

Mickaël, du lycée La Fayette de Clermont-Ferrand, pour les précisions footballistiques,

Liliane Rebillard, lectrice attentive et critique,

Nicole Choukroun, comédienne, qui met en voix, en scène et en espace les *Histoires pressées*,

François Lahaut et ses élèves pour leur lecture précise du manuscrit,

Mme Bieber et ses élèves du collège de Marckolsheim,

Chloë, Didier, Sophie, éditeurs scrupuleux et patients !

Table des matières

EXTRAIT

Pressé, pressée

de Bernard Friot

Crotte

Crotte de crotte de crotte de chien ! J'ai mis le pied en plein dedans. C'est la faute de mon petit frère Benoît, évidemment. Je l'ai emmené au zoo, cet après-midi, et il marchait le nez en l'air, comme d'habitude. Juste devant lui, sur le trottoir, il y avait une grosse crotte de chien, toute molle. J'ai crié : « Benoît, attention ! » et je l'ai tiré par le bras.

Oui, mais moi, à cause de lui, je n'ai pas vu qu'il y en avait une autre, un peu plus loin, et j'ai marché dedans. Avec mes baskets toutes neuves. Beurk. On aurait dit du chocolat fondu. En marchant, j'ai laissé des traces marron foncé derrière moi. Merci, Benoît. À cause de toi, j'ai la honte.

Et au croisement, comme un fait exprès, on a rencontré Lucas. C'est un garçon de ma classe. Très mignon. Mais idiot. Non, le contraire : idiot, mais très mignon. Il a dit :

– Eh, salut. Comment ça va ?

J'ai répondu :

– Crotte de crotte de crotte en chocolat, voilà comment ça va !

Ça l'a fait rire. Je me demande pourquoi. Et puis, il a sorti de sa poche une tablette de chocolat. Il m'a demandé :

– Tu en veux ?

Beurk, du chocolat. Ça m'a fait penser à ce que j'avais sous les semelles. J'ai répondu :

– Et toi, tu veux une claque ?

Il n'a rien compris, cet idiot. Il m'a regardée avec de grands yeux malheureux. Hou, là, là, qu'est-ce qu'il a de beaux yeux ! Tout bleus, tout bleus. Pour le consoler, j'ai dit :

– On va au zoo. Si tu veux, tu peux venir avec nous.

Histoires pressées
de Bernard Friot

Histoires pressées, ce sont des histoires courtes à déguster à table entre deux bouchées, à l'école dans la cour de récré, ou ailleurs si ça nous chante. Histoires à terminer, à raccommoder, à détruire en mille morceaux. Juste le temps d'un sourire, d'un frisson ou d'une émotion. Il arrive tant de choses bizarres dans la vie quand on sait comment la regarder !

Nouvelles histoires pressées
de Bernard Friot

Méfiez-vous : tout peut changer ! Le fils Michat, parce que sa mère l'a trop souvent appelé « Mon chou » ; Élisa-Marie, à force de ne rien aimer au restaurant ; l'autobus, quand il n'a que deux roues et une hélice ; le maître d'Antoine, à trop fréquenter les loups-garous. Tout change, vite, vite ! Juste le temps d'une nouvelle histoire pressée.

Encore
des histoires presssées
de Bernard Friot

–C’est quoi, des histoires pressées ?
–Des histoires qui ont hâte de se terminer.
–Et ça parle de quoi ?
–De ce qui existe, de ce qui n’existe pas.
–C’est drôle, au moins ?
–Souvent, mais ça dépend de toi.

Et aussi
Les *Histoires pressées* réunies
en un volume et illustrées
par plein de gens

Achevé d'imprimer en France par France-Quercy, à Mercuès
Dépôt légal : 4e trimestre 2008
N° d'impression : 81971B